黄水吟 黄土赋

吉炳轩 著

中華書局

图书在版编目(CIP)数据

黄水吟 黄土赋／吉炳轩著. —北京：中华书局，2009.8(2011.3 重印)

ISBN 978－7－101－06737－8

Ⅰ. 黄… Ⅱ. 吉… Ⅲ. 诗歌－作品集－中国－当代
Ⅳ. I227

中国版本图书馆 CIP数据核字(2009)第 142947 号

书　　名 黄水吟 黄土赋

著　　者 吉炳轩

责任编辑 李世文

出版发行 中华书局

(北京市丰台区太平桥西里 38 号 100073)

http://www.zhbc.com.cn

E-mail:zhbc@zhbc.com.cn

印　　刷 北京天来印务有限公司

版　　次 2009 年 8 月北京第 1 版

2011 年 3 月北京第 2 次印刷

规　　格 开本 /630×960 毫米　1/16

印张 15　插页 8　字数 50 千字

印　　数 3001–6000 册

国际书号 ISBN 978－7－101－06737－8

定　　价 28.00 元

龍門遊

又高洛水碧 山雲青峰多

……

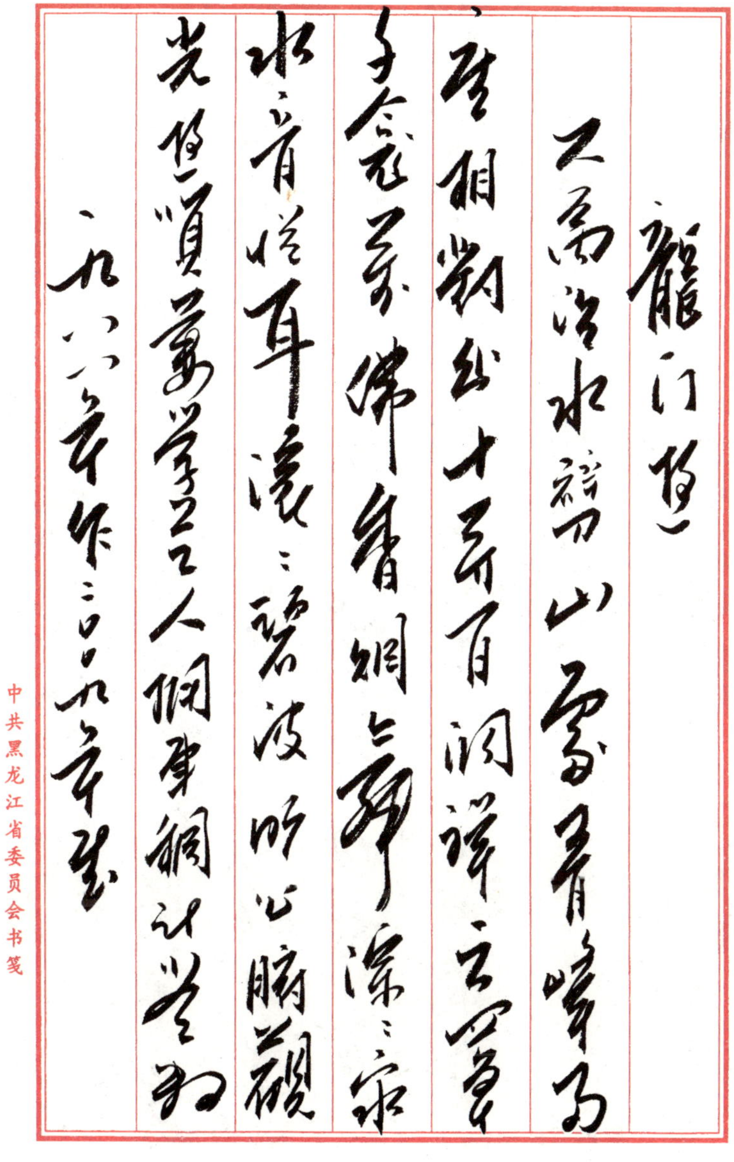

作者手迹之一

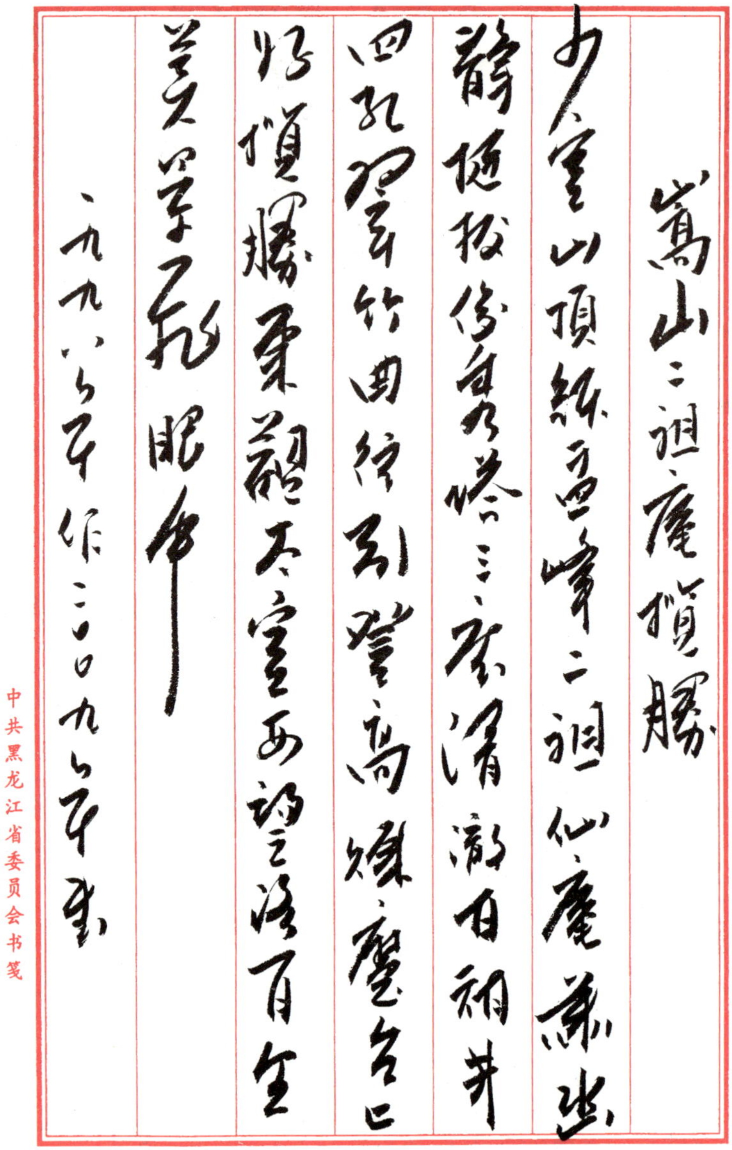

作者手迹之二

觀范仲淹墓

名賦一曲岳陽樓衆口頌揚千古流

治亂興邦有為人後天樂之先天

憂人生外貌野自然名高不在

碑之侈功留當代澤後世士立

緒小鎮有鋼

一九八八年作二〇〇九年書

中共黑龙江省委员会书笺

作者手迹之三

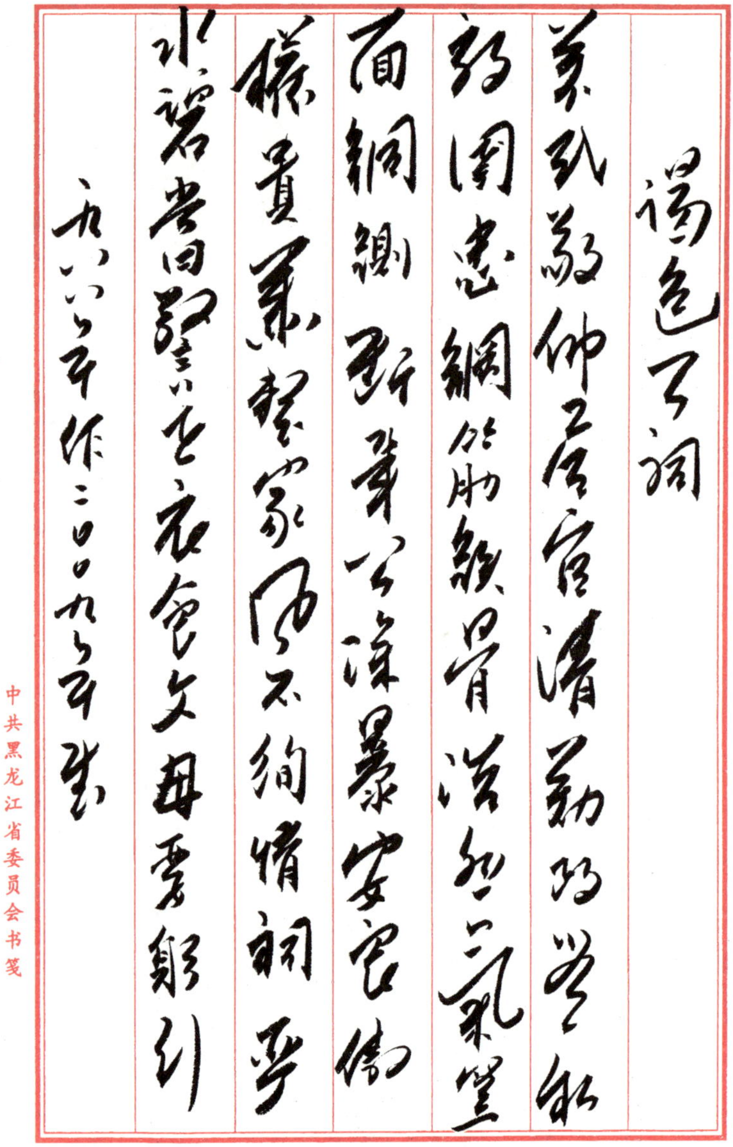

作者手迹之四

嵩山頌

橫卧中原一巨龍，頭枕黃土尾拂嶺。北立天外三[illegible]狎，南挺嵩岳伏牛[illegible]。鄭汴洛陝[illegible]中居，傍洛沁黃為廟捫紳靈瑞氣王，千[illegible]慧古宇宙靈天空。

一九八四年作，二〇〇九年書

作者手迹之五

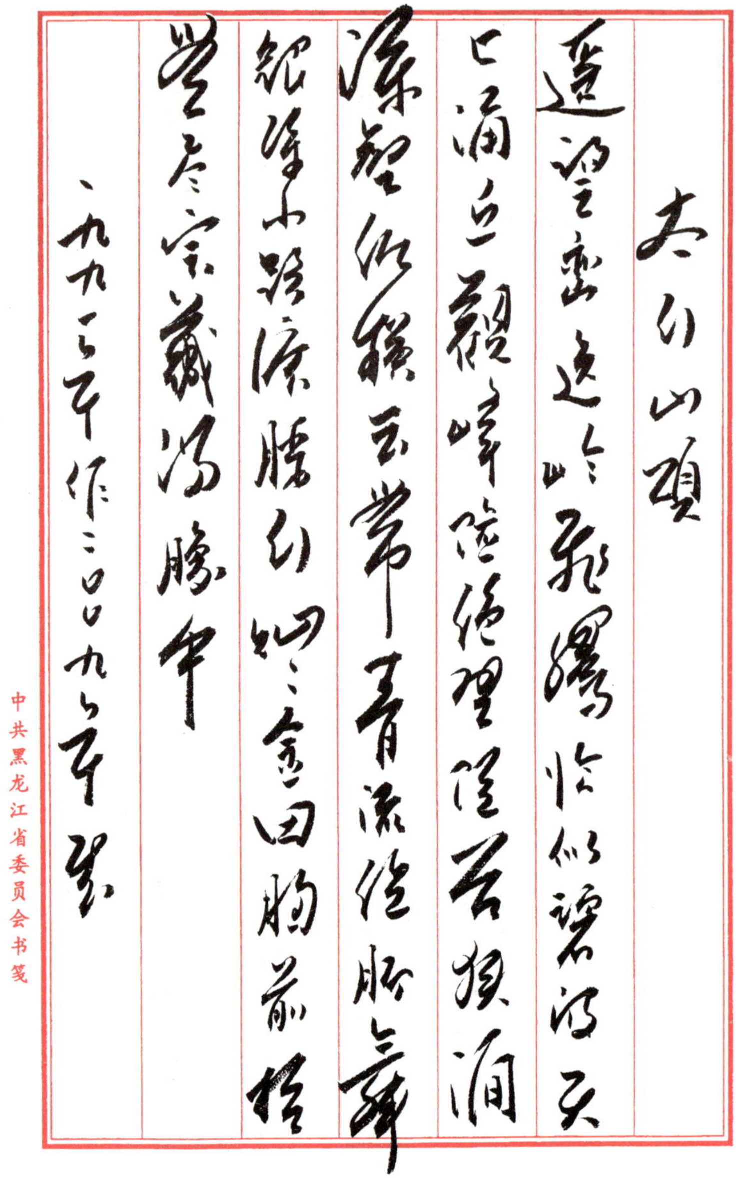

作者手迹之六

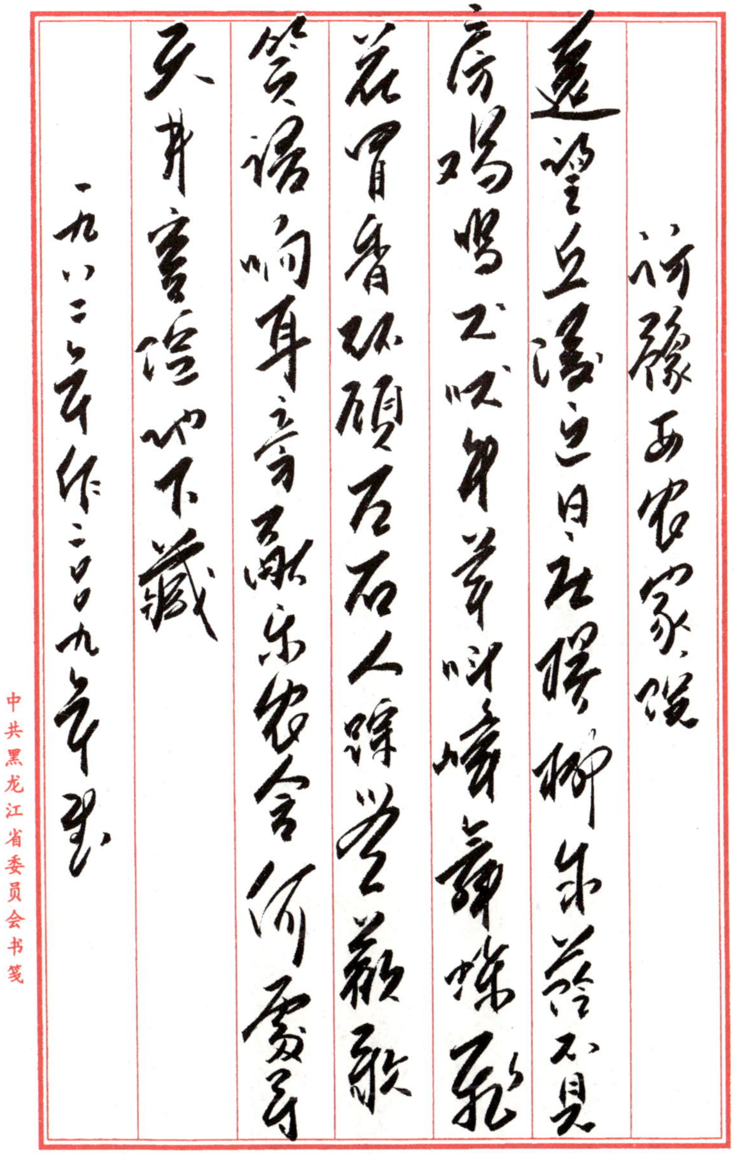

作者手迹之七

洛阳牡丹甲天下

洛阳牡丹甲天下绝冠群芳富贵花开动心胸清香溢绚丽多姿形硕大金杯绿叶浑身宝根风化游客至春来夏初访胜节似蝶儒侬踏青花

一九九三年作 二〇〇九年书

中共黑龙江省委员会书笺

作者手迹之八

序

年前搬家，女儿瑜洁在翻腾旧纸箱时，发现了一堆我的旧文稿，没舍得扔，并把它整理得规规整整存放起来。春节过后回京开会，女儿拿出来让我看。我随便翻了翻，多是十多年前写的一些东西，均是当时所读、所看、所思、所想，随手记下来的。题材、体裁也是五花八门，生活、工作、情趣、爱好，想到些什么就写什么；散文、杂记、诗歌、俚语，什么体裁写着顺手，就用什么体裁。还有的想到了几句话，什么体裁也不是，就用书法的形式记录下来。当时也是随写随扔，有写在一片纸上的，有写在笔记本上的，至于放在什么地方，也没有什么规矩。工作调动了多次，家也搬了多次，从未想过这些闲暇偶拾的东西。女儿能在旧纸箱中找出这一些来，并精心整理，确实是这些东西的大幸了。

杂乱无章的东西，也只好仍然杂乱无章地整理了。一些杂谈类的东西，我也没有时间去理出个头绪来，只好还让它躺在纸箱里，待以后有时间再去料理。有两百多首诗，集中写河南风景名胜和土特产品的顺口溜之类的大白话诗歌，不论是题材还是体裁，都还相对集中一些，能够拢到一块，就顺手结成了这两个小集子，一个叫《黄水吟》，一个叫《黄土赋》。题目是大了些，但河南地处中原，喝的黄河水，种的黄土地，标标准准的黄种人，与黄河、黄土休戚相关、命运相连，赞美河南的一些东西，也是对生我民族养我民族的母亲河、母亲土的孝敬，用《黄水吟》、《黄土赋》也说得过去。这两百多首不能真正称其为诗歌的哼吟，多是形象直观，也是十分客观地介绍河南自然景观、人文景观和一些地产物产，类似另一种形式的河南省情介绍。诗韵是有的，诗的形式也是有的，诗的意境也有一点点，真情流露对家乡热爱的感受。缺少的是诗的深刻、诗的精粹、诗的凝炼、诗的悠远，更没有诗的韵味、诗的音律、诗的情趣、诗的美感。只能说是用押韵的大白话描写了看到的景物，并以介绍景物为主，而少有以景生情的抒怀，个别几首也有一些，但不多。就是这样一个东西，还是草草编出来了，作为一段生活记录，也作为对家乡的爱。

这也是大实话、大白话，作为序言，写在前面。

二○○九年三月四日

目录

黄水吟

黄土赋

黄水吟

梅清·鸣弦泉图

黄河赞歌

锦绣神州飞巨龙，拥日抱月贯长虹。
昂首呼啸风万里，抖身翻卷浪千重。
金鳞闪烁光华夏，璀璨文明耀苍穹。
功高业伟震寰宇，古今英雄竞鞠躬。

黄河多贡献

四十万年前，始祖息中原。
沃土宜人居，生产适发展。
有史五千岁，文化积灿烂。
华夏民族兴，黄河多贡献。

黄水恨五首

一

清廷真腐败，中华遭巨灾。
抱残又守缺，火车视物怪。
闭关锁国门，独放鸦片来。
白银换毒品，病夫传四海。

二

洋毛实可恨，一副豺狼心。
仰仗船炮利，掠宝抢金银。
更气败家子，屈外榨内紧。
堂堂大帝国，沦为三等人。

三

民国革命起，华人皆欢喜。
追随孙中山，诚望巨龙飞。
可叹国贼多，军阀混战急。
有枪便称王，分裂如砂砾。

四

蒋氏窃宝座，人民更遭殃。
河南祸为最，水旱加蝗汤。
惧倭酷攘内，手足相残伤。
卖国贼当道，中华怎富强？

五

中原罪孽重，历数蒋家帮。
炸开花园口，黄水似虎狼。
可怜百万人，含恨走他乡。
千里成赤地，饿殍载道旁。

天下美景遍中原

奇峰耸峙太行山，伏牛叠嶂蔚壮观。
大别林茂竹青翠，桐柏峦伏溪蜿蜒。
关雄道隘邙龙卧，五岳独尊嵩峻险。
六山雄踞争比秀，天下美景遍中原。

观陈桥驿

黄袍加身地，封丘陈桥驿。
班师返帝京，宋业此始起。
王孙耀祖功，挥金筑庙宇。
时迁物依旧，追古寻旧迹。

游比干庙

纣王骄横淫无道，崇信美色害臣僚。
比干忠贞不惧邪，威武直谏心被剖。
善恶百姓自有论，供奉敬仰建祀庙。
千年古柏腹虽空，傲雨经风枝叶茂。

游风穴寺

白云禅院风穴中，山环水绕紧抱拥。
殿堂巍峨香烟绕，沟壑深幽飞瀑鸣。
拔地雄立百座塔，凌空高悬一巨钟。
占据神州灵秀地，峰青波碧尽美景。

观三苏坟

郏县城北峨嵋山，风流世家三苏园。
松柏槐柳相掩护，虎狗羊马仪仗严。
黄土高隆长草翠，青砖铺垫神道宽。
文人墨客穿梭勤，题辞留名忙不闲。

游白马寺

蔡愔秦景赴天竺，白马驮经回帝都。
佛教入华第一寺，阿弥陀佛自始初。
日作功课夜焚香，晨撞黄钟暮击鼓。
神道儒法融交汇，中西文明联璧珠。

游关林

生性刚烈义忠厚，身在曹营保汉刘。
千里寻兄走单骑，五关斩将威名留。
可叹功高太自傲，勇多谋少麦城羞。
为教百姓皆归顺，世代加封爵帝侯。

游香山白居易墓

伊阙香山琵琶峰，松青柏翠卧白公。
头枕旭日脚蹬月，两臂抚琴傲苍穹。
轻弹惊世长恨歌，浓描醒政卖炭翁。
乐天生前不逍遥，绝唱死后万人咏。

龙门游

大禹治水劈山处，青峰两座相对出。
十寺百洞祥云罩，千龛万佛香烟舞。
淙淙泉水音悦耳，滚滚碧波旷心腑。
观光游览兼学艺，人拥车稠无计数。

观张良墓

治世能臣汉子房，聪明伶俐最乖张。
先为贵族不忘旧，博浪复仇刺秦皇。
后知天命顺时势，辅佐高祖称帝王。
功成名就急退步，料就鸟尽良弓藏。

观洛阳古墓博物馆

生在苏杭乐享受，死葬北邙名身后。
南北同列风水地，人稠冢累难卧牛。
若观昔日王侯样，请来古墓走一走。
汉唐明清三千岁，博物馆内一日游。

游嵩山塔林有感

魂归西天极乐进，肉体凡胎珍为金。
择栖灵秀宝塔筑，世代相袭蔚成林。
高高低低参差错，大大小小卑尊分。
诫告如来佛门子，积善行德修炼真。

游大伾山风景区

一

大伾浮丘双仙山，独秀千里华北原。
亲如姐妹双胞胎，东西并峙手相牵。
层峦叠嶂形奇峻，古柏夹道伏蜿蜒。
雄伟壮观小武当，佛仙儒道争据盘。

二

廊接檐吻阶毗连，碧榭丹台蔚大观。
祠庙观阁沟沟有，书院宫室坡坡满。
风景如画灵秀地，豪杰雅士急游览。
题辞作画无闲处，文化名城不虚传。

游太行天然公园

莽莽苍苍太行山，出脱天然好公园。
奇峰林立拔地起，飞瀑飘逸落九天。
冰凌背上多异事，冬夏时令颠倒颠。
桃花争艳本三月，此地怒放数九寒。

林县红旗渠赞

林县人民胆气壮，敢与老天争高强。
不惧悬崖峭壁陡，制服险滩峡谷狂。
凿洞架桥红旗树，手牵银河落太行。
群英汇流洒甘露，换来稻菽遍地香。

游袁林有感

窃国大盗袁世凯，帝梦未圆绝尘埃。
空耗白银七十万，安阳城郊造阴宅。
殿宇森然规模大，中西掺杂风格怪。
睹物温故明国事，倒行逆施必遭灾。

济源一日游

济水源头济源城，王屋太行多美景。
规模宏大济渎庙，气势磅礴阳台宫。
荆梁仙观世间绝，五龙猕猴无限情。
更有愚公移山处，鲜花烂漫鸟争鸣。

登紫金顶

沁阳紫金顶，旅游好名胜。
南天门三道，太极殿四重。
天地人峰衬，黑白鹤松拥。
登高极目望，满山尽诗情。

登云台山

闲登云台峰，畅游十大景。
飞瀑吻高天，细流抱巨坪。
钟乳态千姿，笋花样百种。
山崖险峻奇，池潭深幽清。
美色自然秀，人文史迹丰。
鸟语花香伴，乐而忘返情。

百泉游

苏门南山麓，风光绮丽殊。
百泉湖底涌，千顷碧波出。
累累泛银花，团团脱线珠。
秀色三千岁，游客计无数。

游桐柏水帘洞

通天河落东旭峰，银浪雪涛卷飞龙。
珍珠玉波川前挂，绝壁悬崖云雾腾。
声若鼓震鸟起舞，吼似雷鸣猴跃踊。
风光无限神仙地，秀色胜过蓬莱景。

登桐柏太白顶

闲游桐柏太白顶，力登天梯观九重。
青松葱郁云台寺，彩霞映照桃花峰。
清泉叮咚擂鼓台，玉液漫溢淮源井。
喜看横云山腰挂，银海波涛涌无声。

游南阳医圣祠

一代名医张仲景，抛却高官为郎中。
解民倒悬不畏苦，搜研良方济苍生。
福泽后代经典著，弘扬国粹理论成。
两廊碑帖功绩在，游人墓前皆鞠躬。

鸡公山揽胜

信阳鸡公山，世间仙人景。
峰奇岭俊秀，林翠泉碧清。
云海飘渺瀚，雄鸡引颈鸣。
神韵胜黄泰，浩气压嵩衡。
游览兼避暑，列国墅楼丛。
登高风光好，异彩多姿生。
双脚踏楚豫，一目望两省。

观社旗山陕会馆

驱车南阳途，弯道社旗宿。
山陕会馆游，慕名奇建筑。
戏台悬鉴楼，琉璃照壁图。
白虎高梁架，金龙缠玉柱。
仁义八爱慈，雌雄狮子舞。
西游记刻详，封神榜演古。
宏伟又壮观，堂皇富丽殊。
技艺集大成，高匠惊叹服。

游陆浑水库

溯探伊河源，中途拦腰断。
高峡渡平湖，驾舟登高山。
天低浮云近，水阔青峰远。
回首洛阳道，锦绣麦浪翻。

游鲇鱼山水库

沟壑纵横岭蜿蜒，青流碧波锁其间。
峦小峰低白云近，坝阔楼高绿水远。
片片轻舟南山去，团团翠竹迎笑脸。
弯弯曲曲游迷津，山重水复秀无边。

游薄山水库

身披朝霞上薄山，万道金光透云天。
座座青峰轻纱罩，粼粼碧波银星闪。
绮丽风光浓诗意，青山绿水美画卷。
索尽枯肠无辞颂，千勾万描难涂染。

游板桥水库

伏牛桐柏间，一水贯两山。
淮汉板桥通，群岭独壁连。
荟萃人间秀，摘取天上观。
景美诗情浓，高歌人胜天。

游白龟山水库

平地盘巨龙，围囿波万顷。
一湖漂帆白，两岸映翠红。
青鹭高天游，金鲤水底行。
美景黄昏后，水碧月更明。

游宿鸭湖水库

平原出明珠，汝南宿鸭湖。
包容三河水，肥育千顷土。
四野稻花香，满池莲荷浮。
鹅鸭相对嬉，芦絮迎风舞。

游鸭河口水库

西贯黑山东接丘，十里长龙卧隘口。
气势磅礴威风凛，一截鸭白两河流。
天水相连碧色阔，青峰倒立矮影瘦。
喜看高闸吐银浪，甘霖洒宛育锦绣。

游丹江口水库

四面群山绕，峭壁入云高。
东西望无际，南北夹天小。
轻舟似飞燕，峡谷瞬时抛。
钻出太白口，眼前烟波渺。
只见浪花溅，不觉快艇跑。
身犹置浩瀚，纵横尽绿涛。

游南湖

笔架山下卧巨龙，横堵漫溢蜈蚣岭。
绿水粼粼烟波渺，群山青青浮飘萍。
飞桨击浪鸟岛去，欢歌笑语伴舟行。
兴致何以如此高？诗情画意一湖中。

游汤阴岳飞庙

一

过路安阳汤阴地，崇敬之情油然起。
停车招友祭忠魂，岳庙门前人流急。

二

古柏青翠掩黄瓦，碑碣肃穆满院立。
还我河山激壮志，满江红曲鬼神泣。

三

彩像一座巍然高，铁奴四具跪尘低。
忠奸邪恶人有论，香火唾液分直曲。

四

败国自古出内贼，历史教训须牢记。
倡廉治贪常肃政，国运久长固根基。

观羑里城遗址

汤阴羑里城，天下第一监。
商纣囚周文，八卦牢内演。
日月星斗移，牢狱作庙院。
亭台楼阁榭，清静好雅观。

过淇县有感

淇县古朝歌，商末遗址多。
残垣十三段，摘星楼一座。
纣王尸骨留，城东墓地阔。
云蒙留军庠，鬼谷建学说。
孙膑庞涓师，苏秦张仪佐。
毛遂敢自荐，雄才沟里磨。
城西朝阳山，纣王行宫卧。
酒城旧址存，肉林白骨裸。
后世筑庙宇，乞神压邪恶。
青岩建佛洞，造像十万座。
方圆数百里，处处载史说。
世人路淇县，且勿匆匆过。
伫足一日游，胜读书千摞。

函谷关行

东临绝涧西依岭，地势险要兵家争。
六国合纵议抗秦，昭公此处献三城。
刘邦守关拒项羽，桃林大战壁染红。
箭窑洞内储绿锈，杀俘刑场白骨重。
金戈铁马成旧事，记史存迹太初宫。
鸡鸣台上传狗盗，碑林东望紫气生。
人言老子关前居，著下五千道德经。
寻迹追旧来怀古，片片土石皆知情。

观仰韶文化遗址

三面环水背靠山，林立怪石刺青天。
四时朝暮风景异，不溢不涸碧玉泉。
斧锄锥针灰中出，盆钵碗罐土内掩。
追寻祖宗生活事，仰韶文化史空前。

嵖岈山揽胜

美哉嵖岈，奇特山形。
险峰突兀，怪石峥嵘。
顽岩叠垒，沟涧纵横。
飞瀑高悬，玉溅珠涌。
空洞百窍，风嘘歌鸣。
径曲谷幽，林茂竹青。
天公雕琢，自然盆景。
维妙维肖，剔透玲珑。

观内乡清代县衙

戏中县衙何处寻，内乡城中独一尊。
大堂二堂衙皂房，前门屏门留存真。
花厅卧室原物旧，轴线官道古砖新。
隔棚秀丽画梁栋，建筑宏伟布局谨。
肃静回避两厢竖，棍棒巨案虎威森。
明镜高悬头上挂，清正昏聩难理论。

登伏牛山观宝天堰天然森林公园

伏牛深山脊背岭，淼淼碧波逾万顷。
珍禽异兽争嬉娱，名草贵木比茂盛。
登临峰顶极目望，层峦叠翠烟海中。
红日高照风云起，玉楼琼阁幻无穷。

观太行五龙口猕猴

翻山越岭攀绝壁，腾跳追逐闹欢怡。
强者为王尾巴翘，弱者为奴眉眼低。
同族同山不同群，一家一岭互不袭。
乞客赐食殷勤献，太行猕猴招人喜。

游林县黄华山风景区

盛夏酷暑何消炎？风光旖旎黄华山。
茂林翠竹秀峰俊，玉泉银珠润壁岩。
白帘飘逸崖上挂，银河飞泻落九天。
千年古刹清幽静，七十二景任游览。

登偃师景山孝敬陵

北邻伊洛南依嵩，平畴似镜万木葱。
黄土高耸一山起，则天御封孝敬陵。
母后当政子不愿，含恨饮鸩谥虚名。
生前视若眼中钉，死后假作皇帝敬。

看偃师二里头夏文化遗址

中华立国始于夏，帝都何方史无查。
喾居西亳号高氏，定论伊洛不为假。
宫殿遗址今已掘，基阔柱多撑广厦。
刀爵尊鼎盆罐出，件件佐证遍地撒。

登安阳文峰塔

安阳城内景游遍，不见文峰太遗憾。
五层八角莲花座，红墙绿瓦映碧天。
上大下小风格独，头重脚轻如履伞。
腹内盘梯登顶廊，古都风光尽可览。

游安阳小南海原始洞穴

北楼顶山原始洞，历尽沧桑储遗风。
星移斗转二万年，灰堆积存累五层。
牛羊驴驼化石摞，敲砸削刮石器精。
史学誉称小南海，刀耕火种居祖宗。

登开封繁塔

蹲坐繁台秀玲珑，形态奇异似编钟。
宋建明毁世人续，遗三加四叠七层。
六角空心样阁楼，全身内外嵌佛灵。
一砖一像神千位，面壁齐哼金刚经。

游开封禹王台

大禹垒土治水灾，功存河洛芳万代。
师旷奏乐扬伟名，梁王崇敬筑吹台。
李杜高适三贤聚，相偕赋诗歌圣德。
康熙乾隆立碑赞，豪杰名士争题刻。

游宋都御街

午朝门外御街行，兴高采烈观宋景。
朱楼翠阁累台榭，走鸾飞凤画栏栋。
浓装艳抹仿旧颜，酒肆店堂效古风。
车水马龙欢歌舞，继往开来图飞腾。

游巩县宋陵

虎牢黑石两雄关，围护帝陵卧芝田。
星罗棋布墓百座，起伏蜿蜒一丘连。
北眺黄河南望岳，西视洛京东观汴。
生前征战威四海，死后梦中窥江山。

秋夜游法王寺

面向高峡背依岭，坐怀太室玉柱屏。
古塔青砖黄泥砌，风雨千年岿不动。
山高天朗秋风爽，林静寺清秋月明。
青松翠竹影恋舞，玉镜镶嵌嵩门中。

嵩山二祖庵揽胜

少室山顶钵盂峰，二祖仙庵肃幽静。
挺拔俊秀塔三座，清澈甘甜井四孔。
翠竹曲径引登高，炼魔台上好揽胜。
东观太室西望洛，百里美景飞眼中。

游登封石淙会饮

石淙河汇聚深潭，斧劈刀削崖岸悬。
乐台巨石水中立，碧绿匹练挂两边。
娘娘宝洞帝后居，青青石板龙体盘。
风流女皇轶事多，石淙会饮佳话传。

游安阳殷墟

中华文明殊，溯源安阳古。
殷墟博物馆，故都史料足。
八代十二王，宫廷十三处。
旧址建新阙，伟宇又复出。
殿广门窗阔，基高梁柱粗。
泥墙木檐廓，土阶草秸庐。
巍峨五洲惊，绝技四海服。
帝墓发七座，殉坑二百五。
王车绿锈长，陪奴万骨枯。
巨鼎显王威，骷髅泣毒荼。
甲骨十万片，形意文字储。
研讨汉文化，档案库丰富。
苑内信步游，史卷一日读。

游新县天台山

天台淮南第一峰，形似阁楼画云中。
茂林修竹参碧天，奇花异木盘根生。
试心石前善恶辨，坐忘台上幻梦醒。
作霖池旁饮甘露，风雷洞里听琴鸣。

题铁犀牛

玄金百炼熔为液，变幻灵犀威赫奕。
安如泰山固若磐，填御堤防求波息。
跪拜敬奉几十辈，妄食香火无功绩。
不怪黎民久愚昧，只因水害常扰袭。

游矾楼

汴梁城里千般秀，宫外矾楼最风流。
飞桥栏槛长廊通，暗道密接崇厦构。
游艺书画雅兴浓，茶点珍馐笙歌柔。
欢乐逍遥不知返，夜深月明人更稠。

游栾川汤池

潭头九龙山，清流淙涓涓。
崖下温泉涌，川上腾白烟。
银装裹天地，翠绿独一片。
秀丽静安寺，疗养兼游览。

天下功夫出少林

天下功夫出少林，第一名刹技高深。
七十二艺样样精，十八兵刃件件真。
轻气马步身手绝，金戈铁棒套路新。
出手刚劲如龙击，腰肢矫捷似鹰伸。
鸟兽鱼虫效腾越，狮熊虎豹学威森。
锻炼筋骨陶情操，防身除暴保国民。
只因匡扶正义多，影视书刊争撰陈。
一曲少林红天下，演义颂扬无穷尽。
武术馆立扬国萃，五洲来士踏破门。
高鼻黄发甘为徒，不惜远洋费万金。
中华文明日月齐，功盖四海谁比伦。

观陈家沟太极拳

太极圣地陈家沟，光耀武林育高手。
以静制动功藏内，寓攻为守巧顺柔。
祖传绝技习百代，揣摩演练日精优。
声名远扬走四海，强身健骨徒满球。

游戚城遗址

濮阳县北孔悝城，春秋诸侯七会盟。
相约共商天下事，战战和和复相争。
鼎缸碗钵知旧事，垣台丘墓明故情。
联合国史三千岁，华夏文明谁比雄？

游鲁山温泉

外方山间谷，沙河川上浮。
东西里三十，南北泉五处。
量大温度高，质优疗疾肤。
池阔可畅游，山河伴君舞。

游汝州温泉

汝州城西南，蒸蒸云雾漫。
冰冻三尺厚，难涸七孔眼。
医疗价值高，浸饮均保健。
四乡蜂拥至，除垢延寿年。

观王铎故里

生在黄河事长江，孟津南京两故乡。
明亡清兴史变迁，一朝二主多有谤。
可赞诗画技双绝，行草隶篆时无双。
神笔王铎天下闻，拟山园里真迹藏。

游汉光武帝陵

头枕黄水足登山，百亩陵丘蔚壮观。
人言树多数不清，好马难跑坟三圈。
二十八宿紧围护，四代刻石立两边。
巨碑高耸乾隆勒，巍柏蔽日汉时传。

观玄奘故里

西游神话人颂传，唐僧其人无虚撰。
法号三藏名陈炜，家居偃师陈河沿。
拜师求艺去西域，遍历天竺十七年。
著书立说兴佛事，译经释教卷逾千。

游灵山寺

峭壁悬崖古柏参，红砖绿瓦掩其间。
飞瀑鸣琴水清澈，异纹奇石洞空繁。
名流题石塔秀色，圆寂墓塔壮景观。
凤凰栖枝择宝地，豫西名胜寺灵山。

游栾川景石山

李耳西行出阳关，归隐讲道景石山。
玉皇顶上起炉灶，亮宝台下炼金丹。
铁铸老君今犹在，铜浇青牛仍相伴。
晴天丽日极目望，翠峰透迤云海间。

浮戏山环翠峪揽胜

翠峪景奇特，仙居嵩岳怀。
谷狭天若线，峰险鹰徘徊。
泉高接银河，涧深通四海。
飞瀑戏浮云，钟乳舞千态。
青凤鸣石门，白鹤落龙台。

观范仲淹墓

名赋一曲岳阳楼，众口颂扬千古流。
激励无数有志人，后天乐之先天忧。
人生短暂归自然，名高不在封王侯。
功利当代泽后世，土丘矮小敬者稠。

登石人山

山雄崖奇绝壁陡，瀑长潭深谷清幽。
黑白双龙舞清波，雌雄鸳鸯逐绿流。
观景台上凤凰居，仙人桥前罗汉走。
春秋时节景更美，百草碧翠野花秀。

观偃师商城博物馆

神州中原地，华夏古都城。
伊洛育人秀，嵩邙钟山灵。
稀珍纪史实，伟宇展王风。
源远文明处，今朝更峥嵘。

游南阳武侯祠

惊世伟人诸葛亮，谋划三分卧龙冈。
频繁三顾知恩处，草庐新结立祠堂。
歌功颂德刻无数，真草隶篆集一廊。
鞠躬尽瘁感天地，死而后已民敬仰。

观郑州城隍庙

高楼大厦密如林，唯有此处最诱人。
卷棚出厅四檐奇，歇山重叠琉璃新。
游龙飞凤结伴舞，雄狮猛兽双对衬。
乐楼大殿层层高，松青柏翠片片森。

游嵩山少林寺

中岳名刹寺少林，武功盖世天下尊。
饱吮五乳灵秀气，源植达摩禅宗根。
几经战火废又兴，皆因除恶扶义贞。
民族文化国瑰宝，神州大地处处存。

登中岳嵩山

千里伏牛昂头雄，嵩山占首突奇峰。
峻极于天七十二，泰华恒衡五岳中。
帝王朝拜为祭天，万民登高好揽胜。
三阙白塔十庵寺，星罗棋布一目清。

游中岳汉三阙

嵩山脚下汉三阙，启母少太宝鼎列。
禽兽戏娱雕刻精，书画争美技艺绝。
观图知义明哲理，民俗风情壁上阅。
剔去糟粕汲精华，文韬武略皆有学。

游中岳庙

古庙中岳建于秦，汉唐宋清次鼎新。
依山伏岭层层叠，门亭阁殿进进深。
气势雄伟规模大，金碧辉煌松柏森。
两廊金身百余座，天庭神仙地上人。

游王城岗遗址

大禹治水美名传，夏都原在登封县。
北濒五渡南临颍，城墙槽基夯痕显。
窑穴灰坑陶石骨，上古文化真勘羡。
追根溯源藏宝地，阳城遗址叹可观。

登观星台

周公庙内观星台，经霜历风七百载。
度量日月测天象，二十四节农家爱。
王恂守敬万世功，授时历出泽后代。
睹物忆旧更思今，科技兴豫时不待。

游嵩阳书院

程颢程颐两大儒，释理讲学中岳麓。
南临广原北屏山，安静幽雅好读书。
武帝来游兴致高，失口封赠柏三株。
欲知文明源流事，嵩阳院里寻迹足。

游石窟寺

十题百龛七千佛，大力山下五石窟。
坐卧立站样样异，喜怒哀愁个个殊。
向导侍从列仪仗，浮雕帝后礼佛图。
山不在高有仙灵，游客擦肩足碰足。

游杜甫故里

诗圣杜甫居何地？笔架山下有故里。
寒陋砖窑降伟人，清淡小院育英气。
著就诗书千百卷，世态炎凉任歌泣。
天才本自勤奋出，不看贫富与门第。

看康百万地主庄园

清水河畔一庄园，规模庞大世罕见。
大小庭院三十处，楼舍窑洞六百间。
雕梁画栋装饰丽，明堡暗道戒备严。
民脂血膏白骨证，为富不仁罪如山。

游巩县雪花洞

老庙山中雪花洞，口小肚大纳千乘。
玉砌银装洁似雪，千姿百态鬼神工。
笋柱花塔露香气，象狮鸡猴显精灵。
扑朔迷离目难顾，如游龙王水晶宫。

观打虎亭汉墓

打虎亭上无虎打，两座陵丘高又大。
一墓七室花岗砌，石像精美壁彩画。
包厨宴饮舞百戏，迎宾收租引车马。
来此不为观厚葬，只求了解汉文化。

看汉霸二王城

刘邦项羽决雌雄，对垒汉霸二王城。
剑拔弩张互不让，鸿沟为界各西东。
顺时昌盛逆时亡，留下别姬竖子名。
古战场上好怀旧，千秋功绩后人评。

访虎牢关

天子围猎于郑圃，进献猛虎豢养处。
地扼东西卡咽喉，南连嵩岳与广武。
晋王会盟以逼郑，三英讨贼战吕布。
楚汉魏唐代代争，虎牢关下皆丈夫。

登佑国寺塔

顶天立地一柱倾，挺拔宏伟刺苍穹。
浑身上下似铁铸，褐色琉璃耀眼明。
饱经风震水火灾，自若安然岿不动。
拾级盘旋步步高，不祭佛事壮豪情。

游龙廷

午朝门外卧狮雄，笑迎游客进皇宫。
潘杨二湖相对居，一浊一清分奸忠。
七十二阶登天路，巨龙缠绕壮威风。
踏上皇家御石座，方知千里不枉行。

游相国寺

幼读水浒知汴京，相国寺内最繁荣。
琴棋书画诸技绝，说拉弹唱各艺精。
三教九流群英会，豪杰贤良留美名。
往事千年虽已去，地旧颜新更火红。

谒包公祠

万民敬仰居官清，勤政无私效国忠。
钢筋铁骨浩然气，黑面铜铡断事公。
除暴安良傲权贵，肃整家风不徇情。
祠严水碧当警世，衣食父母要躬行。

黄土赋

梅清·仿王蒙山水

华夏文明谁为先

华夏文明谁为先，史前传说首中原。
伊洛偃师帝喾家，伏羲画卦淮湖边。
熊氏黄帝居新郑，炎黄蚩尤逐鹿战。
三皇五帝汉之祖，创业建基在河南。

溯源寻根到中原

一

上下纵横五千年，欢歌喜泪黄水连。
几度兴衰荣辱事，溯源寻根到中原。

二

登封淮阳古城垣，夏王建都居为先。
伊洛颍川风水地，林茂粮丰京畿园。

三

西亳偃师汤王家，班固作书细勘察。
商朝立业六百载，郑州安阳最繁华。

四

周朝天子行分封，八百诸侯会津盟。
大纛展处群王聚，倒戈奴隶真英雄。

五

东周皇都定洛城，中原逐鹿七霸争。
皆因藏龙卧虎地，无数英雄竞染红。

六

先秦始皇求一统，同轨车文度量衡。
全国城市十八座，河南七处争繁荣。

七

后汉光武基洛阳，五谷丰登六业旺。
天文数算均兴起，王景治黄万古芳。

八

东汉末年群雄起，三国鼎立鏖战急。
魏晋南北十六国，争霸中原斗不息。

九

千里萧条悲惨像，良田沃土尽疮痍。
黄河经济遭破坏，华夏文明南迁移。

物华天宝地

物华天宝地，华夏文明篮。
人杰地也灵，维系八方便。
自古兵家争，廿朝王都建。
今兴四化业，中原当争先。

豫人勤奋心底宽

地上悬河数百年，千万生命系攸关。
水高一寸坝增尺，风口浪尖磨志坚。
滞洪避害为国忧，河南父老乐奉献。
危难时节见忠诚，豫人勤奋心底宽。

东西南北豫为中

东西南北豫为中，春夏秋冬四季明。
土沃水肥资源厚，政通人和民勤竞。
雨雪适宜日光好，农林果木长相争。
高山丘陵林草茂，平原盆地五谷丰。

中原无处不春风

郑州四时皆美景，市花月季植满城。
赤橙黄绿青蓝紫，罩台遮院满楼顶。
春夏秋冬香不断，娇姿艳态难为名。
大街小巷锦遍地，中原无处不春风。

中州处处是花园

中州处处是花园，披红罩绿四季鲜。
奇草异木人叫绝，名卉巧形世惊叹。
天生人植样样好，寒冬盛夏常娇艳。
满目诗情又画意，兴高采烈游中原。

洛阳礼赞

神州名城，九朝故都。
河山共戴，势甲五湖。
东临虎牢，西接函谷。
北依黄河，南屏岳麓。
十省通衢，四海心腹。
山川险要，资源丰富。
历史久远，遗迹厚足。
文化灿烂，名家辈出。
张衡测天，班固著书。
李杜争唱，白刘歌赋。
白马传经，佛教首入。
龙门石刻，艺术宝库。
花冠天下，牡丹奇殊。
三彩精美，世视若珠。

经济繁荣，云集商贾。
十大企业，光彩夺目。
苍山不老，古城不古。
旧貌新颜，花团锦簇。

东都吟

一

初唐号盛世，东都竞繁华。
庙宇百余座，肆店数千家。
武后长居洛，粉银凿释伽。
巨贾风云聚，工商争发达。

二

杨隋寿虽短，开河功不浅。
汴水通黄淮，储粮洛仓满。
王侯竞斗富，金谷第一园。
后人掘故土，黍灰知当年。

三

陈桥生兵变，北宋王都建。
赫赫开封城，人众越百万。
科技齐踊跃，水利大发展。
古国中兴起，河南又璀灿。

河南失繁荣

南宋至明清，胡汉战不停。
中原复争夺，权贵忙南行。
生产遭破坏，百姓受苦重。
中心再迁移，河南失繁荣。

增广见识走中原

河南历史最悠久，文物古迹不胜收。
地域广阔异象多，自然景观处处有。
遗存灿若繁星布，书画曲艺也风流。
增广见识走中原，赏心悦目任尔游。

三门峡抒怀

一

黄水自古多肆虐，裹泥带砂浊浪高。
祸及两岸苦不尽，良田沃土任咆哮。
中原儿女真好汉，抽刀断水半山腰。
筑坝三峡锁巨龙，化害为利胆气豪。

二

荒山野岭今多娇，秀景丽色任览饱。
万顷碧波平如镜，只见明月不见涛。
泛舟湖心好惬意，峰青水绿烟波淼。
闸门开处更壮观，银浪腾空瀑千条。

三

大禹渡前驾舟东，阅尽三峡万般情。
绝壁悬岩函谷关，层峦叠翠刘秀峰。
温塘石窟造像奇，壁画精美万寿宫。
解州关帝香仁义，会兴古渡赏月明。

四

中流砥柱万古名，招折英雄留足影。
太宗勒石书佳句，柳公歌峰一柱钉。
老君炼丹择灵气，悬崖古道史迹丰。
黄昏长河落日圆，出水彩练映天红。

邙山颂

横卧中原一巨龙，头枕黄淮尾拂岭。
北立太行王屋护，南挺嵩岳伏牛警。
郑汴洛陕怀中居，伊洛沁黄两厢拥。
钟灵毓秀五千岁，志在宇宙腾太空。

大别山颂

白云悠悠染碧空，绿叶葱葱绣翠峰。
天阔山高万里秀，风和日丽四季青。
雄踞淮汉踏豫楚，鼎足中原破九重。
躯伟容俏五洲誉，功昭日月千秋颂。

太行山颂

遥望峦叠岭飞腾，恰似碧波天上涌。
近观峰险绝壁陡，谷狭涧深壑纵横。
玉带青流绕脚舞，银丝小路缠腰行。
灿灿金田胸前挂，无尽宝藏满腹中。

王屋山颂

千里高山万里空，飞岭越涧游巨龙。
头顶碧池映日月，脚下青舍伴花红。
层层叠叠梯田翠，点点片片杨柳青。
绮丽风光人工绣，愚公子孙创奇功。

伏牛山颂

层峦叠嶂万木葱，片片枫林映天红。
青枝绿叶迎风舞，金鸡银凤展翅鸣。
身披彩霞头触月，足踏碧波手摘星。
深秋伏牛美娇艳，秀容丽面硕果丰。

洛阳牡丹花会

一年一度春光好，洛阳城内景多娇。
花团锦簇伊洛畔，五彩缤纷中州道。
国色天香竞斗艳，游龙飞凤比技高。
日赏牡丹夜观灯，人如潮涌共乐陶。

谒淮阳太昊陵

三皇之首伏羲陵，紫禁内外围三城。
丈八木龛金身坐，七级月台容千乘。
殿前松柏排排翠，墓后蓍草丛丛青。
车水马龙川流急，寻根祭祖如潮涌。

观伏羲画卦台

奥妙无穷古易经，伏羲画卦王演成。
若寻祖宗发蒙处，淮阳河畔激性灵。
龙马伏图原物出，背驮阴阳夜光明。
昔日白龟子孙在，碧池依旧映荷红。

游革命圣地竹沟镇

一

桐柏伏牛余脉连，峦峰交错岗岭绵。
山抱水护竹沟镇，革命圣地小延安。

二

青砖泥瓦四合院，开国立业有贡献。
孕育无数英雄出，播星点火燃中原。

三

杜鹃花开红娇艳，万千烈士鲜血染。
镰刀斧头迎空舞，扭转乾坤换地天。

四

花岗石碑矗蓝天，纪念亭上百花鲜。
抚今追昔激壮志，振兴中华英魂安。

游洛阳植物园

奇草异木植物园，千姿百态斗娇艳。
水生土长恋一处，南热北寒交臂欢。
苍松翠柏舞青竹，月季芍药戏牡丹。
湖光山色添锦绣，曲径回廊趣雅观。

访豫西农家院

一

远望丘陵近是庄，杨柳成荫不见房。
鸡鸣犬吠牛羊叫，蜂舞蝶飞花冒香。
环顾左右人踪无，欢歌笑语响耳旁。
融乐农舍何处寻，天井窖院地下藏。

二

齐齐正正池一方，灿灿金壁青砖镶。
柱梁椽瓦全不用，日耀苍穹四面张。
门阔窗高洞府深，冬暖夏凉春意长。
生机盎然神仙居，情深意厚胜天堂。

游永城芒砀山陈胜墓

蓬蒿满坡柏成林，青山巨石筑高坟。
三千年前英雄汉，伟业未竟含恨寝。
身为奴隶不屈服，翻江倒海叱风云。
功高不在登帝位，唤起民众第一人。

中华第一都赞

赫赫安阳城，中华第一都。
美媲巴比伦，史胜埃及古。
人文景观厚，殷墟博物殊。
往日夸繁荣，今朝似画图。

沧桑巨变黄泛区

四十年前白茫茫，今日满目绿堂堂。
井渠交错流银波，麦稻翻滚泛金光。
林茂粮丰乐业居，工商踊跃奔小康。
风沙盐碱沧桑变，人间地狱成天堂。

观林县南古洞水库

两龙驱驾南古洞，一山飞出更无情。
横跨青峰腰肢间，蛮堵绿滔峡谷中。
万丈石壁谁遣送，神仙皇帝无此能。
手托高天肩大山，叮当声中新愚公。

游杜康仙庄

自古酒圣推杜康，百泉溪畔留仙庄。
天赐清澈甘露水，巧酿纯正玉液浆。
冰天雪地河愈暖，久旱无雨流更长。
醉倒刘伶三年处，顺风十里扑鼻香。

谒永城陈官庄烈士陵园

青草碧翠松柏荫，郁郁葱葱护英魂。
黄土情深埋忠骨，鲜花意厚芳功勋。
队队少先灵前祭，拳拳紧握表决心。
告慰先烈九泉下，誓做革命接班人。

参观兰考焦裕禄烈士墓

殚精竭力勤为政，呕心沥血锁沙风。
仁民爱物履实地，洁己奉公两袖清。
泡桐松柏表心意，挺拔崔巍护英灵。
颂声载道彪千古，人民儿子人民敬。

登二七纪念塔

铁路工人闹革命，二七双塔记美名。
虎踞省城中心地，巍巍壮观豫象征。
碧翠琉璃玲珑透，并连平面五角星。
拾级盘旋登高望，一览郑州锦绣景。

观黄河游览区

万里长河波涛涌，巨浪淘沙浩荡东。
邙山尽头揽胜处，饱阅中原千般景。
观黄紫金极目阁，引鹭开襟畅怀亭。
古往今来沧桑事，漫游一日皆知情。

观黄河花园口

黄河古渡花园口，祸国殃民灾记留。
宋廷建闸为治水，明吏栽花自乐游。
蒋家王朝炸堤坝，不拒倭寇害己久。
旧貌今日换新颜，巨龙腾空满地秀。

官为民本根在农

神农耒耜教民耕，黄帝画疆地野封。
尧舜劝化农桑事，敬授民时食首政。
夏禹治水分九州，商创浇稼施粪种。
周辨五土制土训，秦开阡陌废田井。
汉立和土始代田，北魏力推细作耕。
宋元明清重排灌，水耕熟化求产丰。
上下纵横五千岁，历朝历代知农重。
民食为天勿轻看，官为民本根在农。

学习焦裕禄

学习焦裕禄，党的好干部。
与民当儿子，为民多造福。

学习焦裕禄，同民共甘苦。
心里装群众，唯独自己无。

学习焦裕禄，群众为师傅。
依靠人民力，治穷开富路。

学习焦裕禄，身先当士卒。
处处做表率，民心自然服。

学习焦裕禄，身子往下扑。
实说又实干，创业打基础。

学习焦裕禄，不畏艰险阻。
迎着困难上，勇辟胜利途。

学习焦裕禄，廉洁又朴素。
艰苦为乐荣，真正民公仆。

史来贺同志赞

全国著名劳模范，我党优秀一成员。
刘庄支书史来贺，先进事迹说不完。
矢志不渝跟党走，社会主义意志坚。
四项原则永坚持，改革开放走在前。
一个中心牢把握，聚精会神搞生产。
马列毛著做指引，不惧风云多变幻。
左右干扰力排除，共同富裕步不乱。
自力更生创新业，艰苦奋斗建富园。
因地制宜勇创造，唯实求真重实践。
综合经营奔小康，科技教育齐发展。
走出封闭泥窝窝，挣开传统铁锁链。
五谷丰登六畜旺，工商并举百业欢。
昔日贫困寒酸地，今朝旧貌换新颜。
舒适宽敞小楼居，梦中天堂落身边。

不骄不躁不居功，成绩荣耀从不炫。
名誉地位全不要，大公无私求奉献。
分低薪高不要薪，分丰薪薄再倒颠。
最后一户进新居，村民都富心才安。
清正廉明处事公，享乐在后苦在先。
人民公仆名实副，兢兢业业几十年。
高风亮节谁不敬，举国上下尽称赞。
共产党员皆如此，何愁四化不实现。

河南水丰资源厚

河南水丰资源厚，黄淮江海四大流。
库塘密布繁星缀，水道纵横贯五洲。
高山峡谷涌泉多，平原沃野储存稠。
强农兴工好基础，科技开发前景绣。

太平花奇锁深山

豫西秦岭宝藏山，奇花太平育其间。
饱含天地精灵气，朴实无华贵自然。
清新姿态胜松拔，洁雅容艳羞梅颜。
亭亭玉立洁如雪，缕缕芬芳持幽远。

嵩山碧色玫瑰香

嵩山碧色玫瑰香，味烈扑鼻透肺肠。
提精炼油制糕点，捂酱薰茶作佳酿。
滋肌润肤艳美色，返老还童俏容妆。
价高比过黄金贵，人见人爱花中王。

伏牛山有野百合

伏牛山有野百合，赤桔紫茶种类多。
大别主峰金刚台，天生丽株令惊嗬。
茎高五尺世罕见，花大如盘诱娇娥。
更喜陶弯地佳秀，姹紫嫣红披山坡。

社旗白莲真叫美

社旗白莲真叫美，盘碧花艳绿叶翠。
俏丽芬芳德高洁，清凉自傲沁腑肺。
香甜不腻嫩可口，皮薄无渣有风味。
强心解毒宽胸气，健脾止泻安胎胃。

遍地油菜花儿黄

阳春三月好风光，大河上下备耕忙。
人欢马叫竞踊跃，机鸣车奔齐争强。
青青麦苗拔节急，柔柔细柳随风扬。
蝶飞蜂舞因何事？遍地油菜花儿黄。

洛拖赞歌

洛阳无限好，“东方”添新娇。
巨影五洲遍，铁蹄四海跑。
荒原泛金波，绿野耘春潮。
隆隆歌声脆，四化逞英豪。

安钢赞歌

胸中烈火红，口开吐金龙。
钎钎勾锦绣，锨锨撒繁荣。
钢肩担四化，铁手筑长城。
多创新优高，伟业基础成。

煤矿工人颂歌

井架高耸入云中，铁轮钢索风雷动。
乌龙条条地下游，金山座座原上涌。
手粗身污面目黑，志壮德洁心内红。
抛却日月星辰事，不分昼夜造光明。

电厂颂歌

巍巍楼房高高囱，喷云吐雾热气腾。
密密蛛网丝丝连，穿山越岭浮云行。
驱动车轮飞身转，点燃万家灯火明。
无声无息创大业，身挑重担不留影。

油城赞歌

茫茫黄河滩，塔林入云端。
雄鹰空中舞，乌龙地下翻。
高路密如网，红楼似云片。
旭日洒金辉，油城英姿展。

汴 绣

丝丝彩线小小针，纤纤玉手编绣锦。
织就鸳鸯嬉碧波，绘出牡丹蜂蝶引。
小猫咪咪花篮卧，栩栩如生可爱真。
飞针引线巧编绘，一年四季总是春。

太行七叶赞

济源城西沟梭椤，青峰灵秀异木多。
珍奇物种七叶树，幽闭深山独寂寞。
茎干笔挺枝叶茂，花艳形美冠盖阔。
清香扑鼻芳外溢，绚丽妖妍众目夺。

连　香

高高太行生连香，软硬适中材质良。
纹理清晰结构密，色褐清淡泛银光。
枕木图版上等料，高楼大厦伟栋梁。
精雕细刻任镂画，滑润美观喜鸳鸯。

喜 树

大别喜树号千丈，挺拔高大速生长。
皮叶根果有药用，材细质韧好纸张。

伏牛黄檀

黄檀贵在不知春，贪睡长眠性迟钝。
善耐寒冬傲酷暑，秦岭伏牛适生存。
坚硬致密身量重，不扭不裂质柔韧。
工业军用视珍贵，制作家具更诱人。

香 果

伏牛黄石庵，香果树连片。
身高长百丈，胸直九尺三。
绿叶生光泽，垂实红娇艳。
独木成大林，伟岸又壮观。

豫西漆树

铮光滑亮好大漆，本是刀伤生汁液。
舍己为他乐奉献，物质文明保护衣。
造福人间四千载，古今中外多赞誉。
河南国漆尤珍贵，产高质优生香气。

红　椿

长寿优质速生材，农家小院多喜栽。
枝叶鲜嫩能食用，开胃增欲好蔬菜。
锯末薰制腊肉鲜，可口美味久不坏。
花果皮根都入药，木质坚滑美色泽。

南阳柞蚕树

体不妖娆貌不惊，默默无闻覆石岭。
扎根荒山护水土，舍身吐哺富苍生。
愿脱绿衣受酷暑，喂肥蚕宝织罗绫。
换来人间千般秀，寒霜自傲悄无声。

美酒杜康

解愁何以用药医，半盏杜康尚有余。
刘伶只因贪杯多，一醉三年睡不起。
魏公征战军机重，全仗美酒消乏疲。
田中访华指名要，中外皆知有神力。

信阳毛尖赞

毛尖毛尖，又毛又尖。
大别独有，信阳特产。
质于水土，工于作艰。
选料考究，心芽一片。
炒制精细，一斤一天。
雨前最好，茗中少见。
水进叶沉，朝上立站。
头道莫饮，二道出鲜。
其色青绿，其味淳甘。
清香四溢，诱人垂涎。
茶中精品，中外称赞。
四季常喝，身强体健。

张弓酒美

商汤故国行，香气灌鼻孔。
问君因何故，溢自酒张弓。
当年汉刘秀，服后胆气生。
曹操振军威，凭此傲寒冬。
往事不足论，今日芳更浓。
为求一杯饮，愿舍室内空。

宋河粮液香万里

道教鼻祖里，酿出宋河液。
孔子慕名来，相会醉枣集。
玄宗躬亲鹿，皇封祭圣李。
享誉二茅台，香飘逾万里。

钟灵毓秀中原地

钟灵毓秀中原地，珍禽异兽竞相栖。
南阳黄牛高又壮，粉鼻白肚泌阳驴。
光山甲鱼最养身，信阳板鸭肥不腻。
密县寒羊好皮毛，肉蛋质优固始鸡。
中华大鲵藏伏牛，味佳天下黄河鲤。
太行猕猴招人爱，淮阳白龟世称奇。
百鸟争鸣难尽数，众物芸芸书不及。
仅举十佳荐友人，不到河南实憾惜。

中州果盛人赞誉

中州果盛人赞誉，声扬四海天下奇。
灵宝苹果甜又脆，汁甘酥口孟津梨。
荥阳柿子赛牛心，肉厚溢香确山栗。
猕猴桃美西峡最，新郑大枣如灌蜜。
民权葡萄珍珠串，仰韶红杏贵妃喜。
河阴石榴开口笑，伏牛樱桃涎欲滴。
喜迎五洲宾朋来，十佳鲜果献厚谊。

光山无铅松花蛋

光山无铅松花蛋，新鲜鸭子又精选。
化学新法巧腌制，久放不坏食更鲜。
外绿内褐结松晶，胶质糊状少含铅。
美味可口回香浓，宴请宾朋赏彩莲。

参观千唐志斋

崇山峻岭锁铁门，地下宝宫藏奇珍。
千唐墓志同斋居，百家名迹一院陈。
家道国运刻载详，世人记事史料真。
更兼书画双绝妙，堪称中华艺术林。

酥香脆甜孟津梨

孟津天生梨，中外齐欢喜。
色美黄金灿，形奇似马蹄。
个大皮儿薄，核小肉儿细。
香甜酥滑脆，无渣多汁液。
生津止口渴，润肺消食积。
早熟上市快，久储味不移。

孟津黄河三尺鲤

孟津黄河三尺鲤，观赏食用双珍奇。
铜眼玉唇绿脊背，金身银肚红艳尾。
肉质鲜嫩营养丰，蒸煎烧炸皆美味。
强身补虚有药效，利水消肿安胎气。

信阳元鱼美味鲜

世称王八无美名，身黑面恶少秀容。
憨厚懒惰性蠢笨，烂泥污水作墅宫。
贵在一身宝贝肉，清火滋补有奇功。
炖炒蒸烧味味美，宴宾待客看上乘。

八蛋一斤固始鸡

灿灿金缎身上披，艳艳红冠头顶立。
毛丰肉厚生长快，食杂病少产蛋密。
肥壮躯体五斤重，年生子孙二百余。
八蛋一斤优良种，肉卵兼用固始鸡。

南阳黄牛有名气

南阳黄牛有名气，品种优良四海奇。
肌肉发达体格壮，坚劲稳健强有力。
肉质鲜嫩营养丰，细密柔软好毛皮。
食役兼用耐粗饲，高山平原皆适宜。

驰名中外泌阳驴

粉鼻粉眼白肚皮，油光发亮缎子黑。
体态高大骨骼壮，肌肉丰满追风蹄。
善解人意性温顺，耕驮驭驾耐劳疲。
东西南北争相购，驰名中外泌阳驴。

名扬中外娃娃鱼

高山溪流急，清波传婴啼。
追声深涧进，欢歌娃娃鱼。
珍爱天下最，入药疗百疾。
身贵名气大，物稀天下奇。

密县寒羊品种良

密县寒羊品种良，肉肥油厚绒毛长。
形高体壮生长快，尾长腰阔多脂肪。
性情温顺耐粗饲，遗传稳定繁殖强。
松软柔和好皮毛，洁净细密银丝光。

信阳方便馄饨面

信阳方便馄饨面，质优价廉味道鲜。
上等精粉薄皮白，里脊大肉馅细研。
汤味五香好顺口，葱姜蒜椒佐料全。
劳作一日何消困，暖肠果腹快食店。

滑县道口好烧鸡

滑县道口好烧鸡，选料严格加工细。
颜泽红亮造型别，一抖自散食不腻。
色香味烂占四绝，鲜嫩可口老幼宜。
乾隆称奇封佳馔，俏市百年供不及。

驻马店有小磨油

驻马店有小磨油，烹调佳肴历史久。
优质芝麻作原料，砂石小磨加工就。
枣红透明清莹亮，气味纯正飘香厚。
天工开物有专载，能除腥膻解毒垢。

朱仙镇五香豆腐干

朱仙五香豆腐干，唐代曾作贡品献。
汴梁大豆细调制，美味出在古水泉。
砂仁桂皮大小茴，中药四十浓汁腌。
利口下饭增食欲，开胃佐酒还保健。

兰考豆腐乳好香

兰考豆腐乳好香，万历皇帝曾赞赏。
新鲜香油白胖豆，大料烧酒细面酱。
暑日暴晒天酿作，透明松软耐久藏。
迎风千里散美味，助消增欲多营养。

永城生产好枣干

永城生产好枣干，万国博览会上展。
不叫风吹烈日晒，无烟木炭火炕软。
橙黄铮亮质柔韧，肉厚无核形不变。
日食三颗润肝肺，补虚增欲如蜜甜。

开封灌汤小笼包

开封灌汤小笼包，传统风味好佳肴。
鹅鸭鸡兔鳝鱼馅，玲珑洁润汁内浇。
提起恰似灯笼盏，放下又如兰花俏。
鲜美利口流油香，食客擦肩拇指翘。

糖醋溜的黄河鲤

糖醋溜的黄河鲤，我求佳肴为第一。
赤黄橙白纹四艳，惹人欢喜金色躯。
酸甜咸香味特鲜，利水消肿补身虚。
美名自古扬天下，李白纵酒好赞誉。

鲤鱼焙面创新奇

鲤鱼焙面创新奇，风格别具享赞誉。
活蹦红尾热油炸，外焦里嫩保鲜味。
巧拉暖被捂上身，细发如丝赛龙须。
竹筷轻拨香四座，八仙争食尽欢娱。

河南泡桐全国冠

河南泡桐全国冠，易栽速生质轻软。
干端叶阔花儿美，荫道四旁香庭院。
绿化美化优良种，洁净空气防污染。
结构疏松纹理直，易工易存易燥干。
材性均匀音共鸣，家具乐器好板面。
造船航空优质料，防热隔潮形不变。
更兼壮叶落地早，通风透光又肥田。
大河上下广为植，林茂粮丰双娇妍。

赵春娥赞

煤场工人赵春娥，事业平凡绩可歌。
燃烧自己暖他人，献出毕生光和热。
上班早来下班迟，一年奉献百日多。
热爱集体任劳怨，清场挖沟勤节约。
服务上门情意诚，风雨霜雪从未辍。
十年疾病不歇步，终前好事仍在做。
难得一生如一日，人不为己真楷模。

中华农业第一省

一

中华农业第一省，春夏秋冬四季明。
山好水好田肥沃，六畜兴旺五谷丰。
小麦全国居首位，玉米高产质上乘。
大豆粒饱黄金灿，红薯块大营养精。

二

棉花绒长拉力强，烟叶味优国中王。
西瓜沙瓤胜蜜甜，芝麻油多扑鼻香。
泡桐速生荫平原，猪羊肥壮家家养。
皆因政通人勤快，万物争辉竞相长。

河南菜好人人夸

一

河南菜好人人夸，声扬四海福万家。
桐柏野拳贵入药，健脾利尿止血佳。
洛阳大叶句头韭，鲜嫩增欲胜黄花。
回郭大白包心圆，久放无筋高肉价。

二

超化大蒜味独特，中外尽知名气大。
柘城胡芹品质优，强心抑郁脆比瓜。
永城辣椒皮肉厚，色艳油多助消化。
杞县胡萝号人参，清爽鲜凌皮光滑。

三

张弓黄姜辛香浓，温肺祛痰块头大。
淮阳金针实丰润，治癌有效誉东亚。
偃师银条世上奇，醒酒下饭狗撵鸭。
君若不信实地看，青菜园里勿虚话。

河南戏多观众广

中原文化源流长，五彩缤纷戏剧乡。
豫曲越调二夹弦，道清柳琴宛怀梆。
争娇斗艳种类繁，绚丽多姿观众广。
风格独特韵味厚，陶情冶操好食粮。

河南豫剧艳众花

百花园内多奇葩，河南豫剧艳众花。
香玉金凤花旦奇，兰田立品青衣佳。
木兰桂英激壮志，香莲雪梅感泪下。
雅俗共赏老少宜，文武兼备不胜夸。

河南曲子调儿美

河南曲子调儿美，欢快悲壮意皆随。
历尽辛酸陈三两，抑恶扬善风雪配。
背靴访帅强项令，屠夫状元占花魁。
曲曲情真艺精湛，余音三日绕梁回。

凤梅越调好洒脱

凤梅越调好洒脱，人称今日活诸葛。
唱腔苍劲味醇厚，不弄花巧施做作。
吊孝周郎动真情，智收姜维见谋多。
老舍盛赞悲喜宜，周公趣誉演得活。

中原采风五首

一、待人诚恳

炎黄子孙，民风厚淳。
坦荡直率，待人诚恳。
礼薄情切，语寡意真。
无图后报，只为谊存。

二、人生吉祥

生儿育女，九日宴宾。
至亲挚友，街坊四邻。
同座欢庆，不拘富贫。
黄米红枣，共祝福运。

三、上背装趣闻

英俊男儿，俏丽姑娘。
豪杰仙女，精扮巧装。
逗民欢娱，走街串巷。
祝福人生，托寄希望。

四、闹社火

新春佳节，热闹非凡。
民间社火，文明博览。
狮子高跷，排鼓旱船。
争奇斗胜，蔚为壮观。

五、戏迷多

文明之邦，戏多众广。
人人喜爱，个个哼唱。
各有所迷，互捧不让。
评是论非，台上模样。

洛阳牡丹甲天下

洛阳牡丹甲天下，艳冠群芳富贵花。
骨劲心刚清香溢，绚丽多姿形硕大。
金枝绿叶浑身宝，祛风化淤降血压。
春末夏初好时节，倾城锦绣皆奇葩。

鄢陵腊梅有盛名

鄢陵腊梅有盛名，家家户户广为种。
傲霜斗雪性高洁，破冰迎风香味浓。
阶上堂下植满盆，屋前宅后蕴诗情。
谁说农户不知美，无限画意小院中。

河南药材质地纯

河南药材质地纯，枝枝叶叶货色真。
天生优良好水土，日沐雪润甘露浸。
三蒸九晒细炮制，科技祖传复创新。
百泉禹州双闹市，商贾云集抢货紧。

天麻又称定风草

天麻又称定风草，督邮赤箭娘娘脚。
味甘性寒促胆汁，止痛怯风退儿烧。
四肢麻木半身瘫，惊厥癫痫功力高。
扎根桐柏伏牛地，潮湿阴冷山半腰。

滋补佳品怀山药

滋补佳品怀山药，皮薄茎大淀粉高。
味甘性平健脾胃，止泻利湿助化消。
蒸煮煎炸均美食，外焦里脆拔丝好。
烤干制粉更养身，中外驰名人称道。

香气浓醇怀菊花

香气浓醇怀菊花，全草入药通身佳。
散风明目消肿痛，清热解毒降血压。
生津止渴能避暑，美味甘甜清凉茶。
久服延年可益寿，强筋健骨乐哈哈。

怀庆地黄多奇功

酒壶花儿婆婆丁，怀庆地黄多奇功。
生熟又鲜分三样，特性用途各不同。
润燥凉血清内热，滋阴补肾可调经。
虽不包治病百类，千副药中均有用。

牛膝不在牛身采

牛膝不在牛身采，沁阳博爱地上来。
四大怀药有其一，扬名久远千百载。
独具减脂降压效，制抑血糖升高快。
土根无奇治大病，调理中枢脑中灾。

因有强身壮骨丹

愚公家乡济源县，太行王屋紧相连。
盛产宝药山萸肉，止汗健胃补肾肝。
阳萎遗精有奇效，虚脱眩晕并腰酸。
为何挖山力不尽，因有强身壮骨丹。

密县生产好二花

密县生产好二花，清热解毒质为佳。
特等称号国家封，众口皆碑无虚夸。
入药消得燥盛疾，饮可提神胜浓茶。
日泡三杯常坚持，耳聪目明不知乏。

金钗石斛价值高

大别青山出奇草，金钗石斛价值高。
主治病后虚弱症，食欲不振胃酸少。
腰膝软困乏无力，生津退热有奇效。
本草百样视珍贵，枝叶根茎全入药。

上等辛荑出南召

辛荑本是贵重药，上等辛荑出南召。
花蕾色泽鲜又艳，芳香浓烈全鳞毛。
化妆薰茶做食品，还治头痛与发烧。
产量高居全国半，日本朝鲜都畅销。

仙山中岳多宝藏

仙山中岳多宝藏，地有灵气岩生光。
甘温无毒治难症，痈疽发背肤生疮。
食品化妆珍贵料，滋育花木高营养。
医圣本草称麦饭，民誉神石不为狂。

南阳烙花世惊叹

南阳烙花世惊叹，古朴清雅又美观。
板绢纸竹维妙肖，尺筷扇画种类繁。
清明上河图国宝，周游世界巡回展。
技高艺精咋舌处，巨幅彩屏大观园。

太行盘谷天坛砚

太行盘谷天坛砚，声名久扬逾千年。
石质坚细雕刻精，发墨保湿周不干。
瓜子形奇露珠滴，子母秀面晶球点。
润笔增彩书生辉，盘旋喷薄风雷展。

独山玉雕玲珑透

独山玉雕玲珑透，坚韧细腻密润柔。
造型奇特选材广，花卉鸟兽盅薰炉。
边棱齐整厚薄匀，清新逼真显肌肉。
南阳翡翠名不虚，欧美亚澳争相购。

禹县钧瓷神后镇

禹县钧瓷神后镇，古朴典雅型厚浑。
飞壁流火色欲滴，晶莹透澈面玉润。
鼎炉尊洗宝千样，朱紫蓝白容一身。
绚丽灿烂贵窑变，家产万贯抵片鳞。

汝州名瓷扬天下

汝州名瓷扬天下，博物馆内争收纳。
豆绿天蓝青葱翠，梨皮蟹爪芝麻花。
光泽柔和透底亮，骨胎坚硬膏脂滑。
书案柜几好摆设，满堂增辉多典雅。

开封汴绣好工艺

开封汴绣好工艺，四大名绣有其一。
宋室宫廷设专院，锦绣帝王将相衣。
平滚蒙游针法多，画帘伞扇样样丽。
改革开放春风吹，传统绝技创新奇。

南乐草编技精湛

南乐草编技精湛，大宗出洋誉久远。
工艺实用双佳秀，帽篮壶座壁垫毡。
色泽光洁花纹精，别致玲珑轻柔软。
造型奇特式新颖，岁岁荣耀会博览。

洛阳三彩老少有

洛阳三彩老少有，汉唐古玩新风流。
美不用多黄绿白，雕刻绘画熔一炉。
六英八骏特中大，独屏百壁驼象牛。
典雅古色栩栩生，钦定国礼赠邦友。

奇特宝丰紫砂陶

奇特宝丰紫砂陶，艺文实用双兼妙。
茶具花盆尽诗意，典雅古朴多精巧。
对饮叙情趣观赏，消暑健身又磁疗。
装饰赠友均适宜，众人皆曰家中宝。

周口缠丝竹帘青

周口缠丝竹帘青，帘画一体夺天工。
鸟语花香门前挂，防风避尘堵蚊蝇。
厅堂居室轻装点，低头抬头乐园行。
八鹤仙寿献领袖，中外盛赞工艺精。